东荡子

东荡子
(1964—2013)

东荡子的诗

余 丛 编

暨南大学出版社
JINAN UNIVERSITY PRESS

图书在版编目(CIP)数据

东荡子的诗 / 余丛编. —广州:暨南大学出版社,2014.3
ISBN 978-7-5668-0923-0

Ⅰ.①东… Ⅱ.①余… Ⅲ.①诗集—中国—当代 Ⅳ.①I227

中国版本图书馆 CIP 数据核字(2014)第 028959 号

出版发行:暨南大学出版社

地	址:中国广州暨南大学
电	话:总编室(8620)85221601
	营销部(8620)85225284 85228291 85228292(邮购)
传	真:(8620)85221583(办公室) 85223774(营销部)
邮	编:510630
网	址:http://www.jnupress.com http://press.jnu.edu.cn

策划编辑:杜小陆
责任编辑:刘 晶
责任校对:周玉宏
排 版:中山市人口手文化传播有限公司
印 刷:佛山市浩文彩色印刷有限公司

开	本:850mm×1168mm 1/32
印	张:4.5
字	数:68 千
版	次:2014 年 3 月第 1 版
印	次:2014 年 3 月第 1 次

定 价:25.00 元

目　录

1

他们丢失已久

残渣、碎片和污染了的水，以及不再流动的空气，

你让它们熔于一炉，亟待新生，重现昔日的性灵；

你也应该去探访那些还在路口徘徊的人，他们丢失已久，

尚不知，你已把他们废弃的炉膛烧得正旺。

2

瞭 望

.

不必试图安慰一个从战场上溃败下来的人。

对于胜利者，也不要把你的鲜花敬献。

一个站在高高的城楼，一个俯身抱着断墙，

他们各自回到营寨，都在瞭望，心系对方。

3

当你把眼睛永久合上

他们在到处寻找高地，要四面开阔，环抱在绿色中，
以备将来在天之灵得到很好的休息，
并能从这里望得更远。

他们在到处寻找石头，要刻得下他们的脚印和身影，
无论生前有多少磕碰、趔趄，
石碑上的字迹也一定要刻得端正，不能有半点歪斜。

我仿佛已看到他们不朽的轮廓，跟你现在相差无几。
但当你把眼睛永久合上，他们是否知道，
你的脸庞朝外，还是侧向里边。

4

有一种草叫稗子

有一种草叫稗子，也叫秧虱。

它结的籽，要用来酿酒，还味道醇美。

但在我的家乡，无论稗子还是秧虱，你都不能叫，

你一开口，立刻就有人把它从稻田里拔掉。

它生长健旺，比禾苗高，

它的籽粒却比稻谷小。

可在插田的时候，你分不清它是稗子，还是禾苗。

5

我追踪过老鼠的洞穴

我追踪过老鼠的洞穴，它们有两个洞口。

如果在一头打草，惊蛇便伺机从另一头逃跑；

如果把两头死死堵住，再一寸一寸将土扒开、挖走，

也不必窃喜，因为洞穴的中部，它们开辟了岔道，

那里可以藏身，还可以用作仓库，储藏明天的粮草。

我见过的老鼠如此镇定，即便把洞穴挖成沟槽，

不到最后一刻，它们也不会让半节尾巴露出，掉以轻心。

看看吧，这里什么都不曾发生！但如果由于退缩、挤压，

蜷在里边的幼鼠忽然发出了梦呓，噢，原谅它们！

它们嗷嗷待哺，还从未打开过眼睛。

6

祭　坛

有人修桥补路，有人伐林烧山。
有人夜里狩猎，有人白天分赃。
他说爱和仇恨，住在同一个祭坛。

前面马不停蹄，后面落满尘埃。
他死于山巅，你溺水而亡。
莫非祭坛，只有一炷香的时间。

7

安　顿

声音有自己生长的方向，花朵和果实，

也都要遵循自身的意愿。

唯独你，一点一滴围住他，不声不响，

让他习惯挣扎，奔走于刀尖。

然而在你的身上，猫的脚步和虎的长须，

这两个极端的属性，终而统一，

他会跟你醒来？若他翘首以盼，

则把种子安顿，连伤口也遗忘。

8

可能只是一时的无措

一个颗粒无收的人，还要活着，就会欠债。

一个走投无路的人，还要走下去，

他会有怎样的行动？

欠的永远欠下？走下去将不再拥有方向？

他在跑，你在追，比的不是速度？

那其中包含什么奥秘？是兔子掉进深水，

还是乌龟埋在洞里？

一砖一瓦，广厦千万间，谁在颠沛流离？

阿斯加，你见过他们的模样，

你见过悬崖峭壁，或深渊万丈；

眼睛红了，视力所到之处都在燃烧，

眼睛黑了，天紧跟着就会塌下；

你见过麻木，那死鱼的眼睛盯着前方，

它可能只是一时的无措，而非惊慌。

9

别踩着他们的影子

他们的琴，有的一根弦，有的两根，甚至更多。

他们知晓时间不动，也把一草一木笼罩。

别踩着他们的影子，阿斯加，

他们刚从沙暴的旅途退下，

带着北方的肺，要在南方的树林呼吸；

他们中那个酒醇的脑袋，曾出没于山峦，

弹拨着剩余的肢体。

10

你把一滴光阴掰成了两半

我一度相信那神奇的液体，出自深山
或者一条僻静的巷子，经一双老了的手
慢慢酿制，且要深谙火候
因为发酵——在一只捂好了的木桶里

而那些流逝得太快的时光，应当留给他们
他们热衷丰收，满足于颗粒归仓
让他们夜以继日，张灯结彩，车水马龙
把你刚刚出锅的酒浆装进坛子，也送到他们手上
相信因为短暂，你把一滴光阴掰成了两半

11

今晚月亮不在天上

我匍匐过的地方，现在又绿了。

那些嫩黄的，弓着腰，渐渐地绿了。

岩浆从地下来，身带烈焰，盖过你的期望。

三个黄昏，酒精还未出槽。

我晃了晃，罂粟打盹，鸟儿入林。

童谣不开花，它们在听从谁的召唤？

秋天高了，冷风来了，

我扳扳指头，数着过往的云，有人在烧荒。

谁在密谋？今晚月亮不在天上！

12

何等的法则

众生唏嘘、惶恐，鹰的高空萦绕松鼠与野兔的尖叫。

它却俯冲、掠食，往来于各个节气。

然而在低处，从未见你把刀的爪子抓住。

这是何等的法则？天空已经裂缝，

坍塌便不只是掩没大地的声音！

13

它有隐秘的支柱

他有一只小而又小的心脏，他要从高处下来。
他经历的伤痕和丘陵一样多，
他翻越的秋天没有沉甸的头颅。
给他足够的体力，让他储备，让他无尽轮回。

灰烬总要复燃，或野草又回到脚边。
他看见你，那么多的现在和过去的狂欢，
循环往复，密布细小的血管。

这一切并非要唤醒——那些透明的肢体，
蚂蚁遇见大象，可能蚂蚁粉身碎骨，
也可能大象将失去水源。
这个夜晚要稍稍长一点，它有隐秘的支柱，
那些面庞一当出现，耀眼的，会远离顶端。

14

逃　亡

给你一粒芝麻，容易被人遗忘
给你一个世界，可以让你逃亡

你拿去的，也许不再发芽
你从此逃亡，也许永无天亮

除非你在世界发芽
除非你在芝麻里逃亡

15

诗人死了

词没了，飞了

爱人还在，继续捣着葱蒜，搅着麦粥

你闯入了无语的生活

海没了，飞了

砂子还在，继续它的沉静，卧在渊底

你看见了上面的波澜

可诗人死了，牧场还在

风吹草低，牛羊繁衍

它们可曾把你的律令更改

16

水　泡

在空旷之地，或无人迹的角落

土地和植物悄悄腐熟

你转过身，蘑菇冒出来了

无声无息，却全然不像水泡

当着你的面也会冒出

声响果断，短促而悠远

有时还连续冒出一串

在同一个地方，接着便消失

17

让他们去天堂修理栅栏

鱼池是危险的，堤坝在分崩离析

小心点，不要喊，不要惊扰

走远，或者过来

修理工喜欢庭院里的生活

让他们去天堂修理栅栏吧

那里，有一根木条的确已断裂

18

容　器

容器噢，你也是容器

把他们笼罩，不放过一切

死去要留下尸体

腐烂要入地为泥

你没有底，没有边

没有具体地爱过，没有光荣

抚摸一张恍惚下坠的脸

但丁千变万化，也未能从你的掌心逃出

他和他们一起，不断地飘忽，往下掉

困在莫名的深渊

我这样比喻你和一个世界

你既已沉默，那谁还会开口

流水无声无浪，满面灰尘

也必从你那里而来

19

人为何物

远处的阴影再度垂临

要宣判这个死而复活的人

他若视大地为仓库

也必将法则取代

可他仍然冥顽，不在落水中进取

不聚敛岸边的财富

一生逗留，两袖清风

在缝隙中幻想爱情和友谊

不会结在树上

他不知人为何物

诗为何物

不知蚁穴已空大，帝国将倾

20

伤　痕

院墙高垒，沟壑纵深

你能唤回羔羊，也能遗忘狼群

浮萍飘零于水上，已索取时间

应当感激万物卷入漩涡，为你缔造了伤痕

21

甩不掉的尾巴

选择一个爱你的人，你也爱她，把她忘记

选择一件失败的事，也有你的成功，把它忘记

选择我吧，你甩不掉的尾巴，此刻为你祝福

也为那过去的，你曾铭心刻骨，并深陷其中

22

相信你终会行将就木

为什么我会听到这样的声音

在心心相印的高粱地

不把生米煮成熟饭的人，是可耻的人

在泅渡的海上

放弃稻草和呼救的人，是可耻的人

为什么是你说出，他们与你不共戴天

难道他们相信你终会行将就木

不能拔剑高歌

不能化腐朽为神奇

为什么偏偏是你，奄奄一息，还不松手

把他们搂在枕边

23

我绕着城墙走了三天

我绕着城墙走了三天，它不飞，却掉下羽毛
眼看我就要着陆，要把锚抛在它斑驳的顶端
为何不见牧羊的鞭子，驱赶怨恨和雾霭
为何不是你，站在墙头，对我怒目圆睁

三天有多少桥梁处于无奈，将个个堡垒连接
三天的烈日、山冈和海洋，也都要出头露面
我只有一寸完好的皮肤，等你们撕开
我只有一块碎片，保留着体温，等你们飞起来

24

水　波

我在岸上坐了一个下午，正要起身
忽然就有些不安。莫非黄昏从芦苇中冒出
受你指使，让我说出此刻的感慨？你不用躲藏
水波还在闪耀，可现在，我已对它无望

25

街　口

一枝失去了土壤的玫瑰，怎么还叫玫瑰

这样疑问，我好多年也没有拐弯

在巷子里看见小孩，抱着它们四处叫卖

我在那里站了站，想街口应在不远的地方

26

有时我止步

我常在深夜穿过一条小路，两边的篱笆
长满灌木和高大的柳树。我不知道是你在尾随
天黑沉沉的，什么也看不到。有时我止步
达三秒钟之久，有时更长，想把你突然抓住

27

异　类

今天我会走得更远一些

你们没有去过的地方，叫异域

你们没有言论过的话，叫异议

你们没有采取过的行动，叫异端

我孤身一人，只愿形影相随

叫我异类吧

今天我会走到这田地

并把你们遗弃的，重又拾起

28

小　屋

何必去寻找百灵，它在哪里

山雀所到之处，皆能尽情歌唱

你呀，你没有好名声，也要活在世上

还让我紧紧跟随，在蜗居的小屋

将一具烛灯和木偶安放

29

盛放的园子

到了，昨天盛放的园子

因他们而停止的芬芳，不再笼罩

千百种气味已融入其中

千百种姿态尽已消形

你来得太迟

你那千百颗心，再生于肉体与冰川

也无一样烈焰，能敌过凋零

30

容身之地

这里还有一本可读的书，你拿去吧

放在容身之地，不必朗读，也不必为它发出声响

葡萄发酵的木架底下，还有一个安静的人

当你在书页中沉睡，他会替你睁开眼睛

31

芦　笛

我用一种声音，造出了她的形象

在东荡洲，人人都有这个本领

用一种声音，造出他所爱的人

这里芦苇茂密，柳絮飞扬

人人都会削制芦笛，人人都会吹奏

人人的手指，都要留下几道刀伤

32

致可君

你蜷缩在梧桐叶上，远方的呜咽

因乞讨没有路过你的门前

一度变得更加喧腾

如若歌唱这盛大的演变

也就该诅咒，那低处的垂怜

在不眠的风声中谛听，万物的雷霆

会将粉碎的秋天送来

覆盖所有劫难

你将看见，依附尘土的阵容

那高于一切的姿态

兄弟？还是世仇？从各自的身体出走

穿过漫长的隧道，抱拳致谢

那不同的海水

可是现在，它们被裹挟而来

随着暴虐的燃烧

33

喧嚣为何停止

喧嚣为何停止，听不见异样的声音
冬天不来，雪花照样堆积，一层一层
山水无痕，万物寂静
该不是圣者已诞生

34

他却独来独往

没有人看见他和谁拥抱，把酒言欢
也不见他发号施令，给你盛大的承诺
待你辽阔，一片欢呼，把各路嘉宾迎接
他却独来独往，总在筵席散尽才大驾光临

35

一片树叶离去

土地丰厚，自有它的主宰
牲畜有自己的胃，早已降临生活
他是一个不婚的人，生来就已为敌
站在陌生的门前

明天在前进，他依然陌生
摸着的那么遥远，遥远的却在召唤
仿佛晴空垂首，一片树叶离去
也会带走一个囚徒

36

不要让这门手艺失传

他们总是将我敲打，说我偏见
说我离他们太远。我则默默地告诫自己
不做诗人，便去牧场
挤牛奶和写诗歌，本是一对孪生兄弟
更何况阿斯加已跟我有约在先
他想找到一位好帮手
阿斯加的牧场，不要让这门手艺失传

处于另外的情形我也想过
浪花终不能离开大海，无论它跳跃多高
把胸怀敞开，那也只是短暂的别离
值得我回味的或许是我已发出自己的声响
像闪电，虽不复现
但我绝不会考虑，去做一个国王
正如你所愿，草地上仍有木桶、午睡和阳光

别怪他不再眷恋

他已不再谈论艰辛，就像身子随便挪一挪
把在沙漠上的煎熬，视为手边的劳动
将园子打理，埋种，浇水，培苗
又把瓜藤扶到瓜架上

也许他很快就会老去，尽管仍步履如飞
跟你在园子里喝酒，下棋，谈天，一如从前
你想深入其中的含义，闭眼你就会看见
别怪他不再眷恋，他已收获，仿若钻石沉眠

38

他就这么看

这个人十分老土，他想把你带到旧时
他想把你从木房里拖出，重新扔回石洞
不想让你闪光，迷人，有着百样的色泽

一顶帽子无论怎样变化，即使如夜莺把夜统领
都只是戴在头顶。是的，他就这么看

这个老土的家伙已跟不上大家的脚步
他在挖掘坟墓，搂着一堆朽烂的尸骨
还想充饥，还想从细嚼中嗅出橄榄的气味

小鸟总要学着高飞，成为大鸟把天空追赶
但都飞不出鸟巢。是的，他就这么看

他已落入井底，捧着树叶像抱住森林

从一滴水里走出，便以为逃离了大海

他耳聋目盲，困在迷途，不辨声音和形状

若是把核桃砸开，他说这里什么也没有

除了一颗粉碎的脑袋。是的，他就这么看

39

把剩下的一半分给他

你可曾见过身后的光荣

那跑在最前面的已回过头来

天使逗留的地方，魔鬼也曾驻足

带上你的朋友一起走吧，阿斯加

和他同步，不落下一粒尘埃

天边的晚霞依然绚丽，虽万千变幻

仍回映你早晨出发的地方

你一路享饮，那里的牛奶和佳酿

把剩下的一半分给他，阿斯加

和他同醉，不要另外收藏

40

哪怕不再醒来

这里多美妙。或许他们根本就不这么认为
或许不久，你也会自己从这里离开
不要带他们到这里来，也不要指引
蚂蚁常常被迫迁徙，但仍归于洞穴

我已疲倦。你会这样说，因为你在创造
劳动并非新鲜，就像血液，循环在你的肌体
它若喧哗，便奔涌在体外
要打盹，就随地倒下，哪怕不再醒来

41

倘使你继续迟疑

你把脸深埋在脚窝里

楼塔会在你低头的时刻消失

果子会自行落下，腐烂在泥土中

一旦死去的人，翻身站起，又从墓地里回来

赶往秋天的路，你将无法前往

时间也不再成为你的兄弟，倘使你继续迟疑

42

那日子一天天溜走

我曾在废墟的棚架下昏睡

野草从我脚底冒出，一个劲地疯长

它们歪着身体，很快就掩没了我的膝盖

这一切多么相似，它们不分昼夜，而今又把你追赶

跟你说起这些，并非我有复苏他人的能力，也并非懊悔

只因那日子一天天溜走，经过我心头，好似疾病在蔓延

43

宣读你内心那最后一页

该降临的会如期到来

花朵充分开放，种子落泥生根

多少颜色，都陶醉其中，你不必退缩

你追逐过，和我阿斯加同样的青春

写在纸上的，必从心里流出

放在心上的，请在睡眠时取下

一个人的一生将在他人那里重现

你呀，和我阿斯加走进了同一片树林

趁河边的树叶还没有闪亮

洪水还没有袭击我阿斯加的村庄

宣读你内心那最后一页

失败者举起酒杯，和胜利的喜悦一样

44

它熬到这一天已经老了

死里逃生的人去了西边

阿斯加，他们去了你的园子

他们将火烧到那里

有人从火里看到了玫瑰

有人捂紧了伤口

你躲不住了，阿斯加

死里逃生的人你都不认识

原来他们十分惊慌，后来结队而行

从呼喊中静谧下来

他们已在你的园子里安营扎寨

月亮很快就会坠毁

它熬到这一天已经老了

它不再明亮，不再把你寻找

可你躲不住了，阿斯加

45

倘若它一心发光

一具黑棺材被八个人抬在路口

八双大手挪开棺盖

八双眼睛紧紧盯着快要落气的喉咙

我快要死了。一边死我一边说话

路口朝三个方向，我选择死亡

其余的通向河流和森林

我曾如此眷恋，可从未抵达

来到路口，我只依恋棺材和八双大脚

它们将替我把余生的路途走完

我快要死了，一边死我一边说话

有一个东西我仍然深信

它从不围绕任何星体转来转去

倘若它一心发光

死后我又如何怀疑，明亮或幽暗

一个失去声带的人会停止歌唱

46

上帝从不光顾我们的晚餐

龇牙咧嘴的不是上帝
装腔作势的不是上帝
露出了脸孔和尾巴的影子不是上帝
我们还没有拥抱，还没有笑过
虽到处欢娱，并饮酒作乐
啊，戴着面具招摇过市的不是上帝

一间茅屋要几千年才能变成瓦房
建筑从未中止，但拖延也从未中止
误工和偷工减料、烧毁、坍塌也从未中止
从未中止的还有兵荒马乱和勾心斗角
啊，在刀光剑影中坐地分赃的不是上帝

那么谁在建筑，谁在居住

有人见过上帝的家眷、妻小、马车和财富？

有人见过摇身一变的上帝泪流满面？

但居住在高楼大院的不是上帝

啊，谁在拥抱，谁在笑

杀戮将动物的毛皮紧绷在我们的身上

将它们的声带装进我们的喉咙

但在皮毛里唱着相亲相爱的颂歌的不是上帝

一颗心却在一夜之间就碎成了粉末

一颗心越来越碎，越来越碎成更多的粉末

它不能回答，它在忙于碎，忙于流血

血还没有流尽，它不能回答

啊，上帝，上帝从不光顾我们的晚餐

它一无所有，无血可流，它不能回答

47

献　身

这首诗写给日夜疯长的豆芽菜

它们主要由水构成，一吹就折

一捏便水流四溢，不见骨头和核粒

从温室里出来，抵挡不了风雨

可它们都想成为参天大树

紧紧拽住大地的耳根和脖颈

它们毕竟来自虚假的水柱

无论多么肥壮，多么水灵和光鲜

它们的成长，都是恐惧在支撑

这首诗写给你，和我一样的生命

经不起赞美、鼓励、指责和批评

即使面对沉默，也身临夭折的险境

你呀，你离不开群体，也耐不住孤寂
跟我一样，在尴尬的陷阱里颤抖着身体
热衷于心肺全无的游戏

持久的脆弱，产生无边的恐惧
持久的强大，产生无边的恐惧
持久的沉默，照样在劫难逃那无边的口袋

这首诗写给恐惧中诞生的长城和喷嚏
虚假献身于无，真实献身于无
一个喷嚏，多少尸骨在成长，在堆砌

48

在一枚硬币前停下

一个快要废弃的脑袋

又在运转，又在加速进入

他自己创造的黑夜中的步伐

他钟情于没有光线穿透这永无穷尽的小巷

这条逼真的小巷

在他加速的运转中却有了尽头

他在一枚硬币前停下

一个没有视力的人，在小巷途中

发现了金属的眼睛，他弯下腰

俯身金属击中饥寒交迫的瓦片发出的声音

一个没有听力的人

在无边无际中伸出了手

这个又聋又盲的家伙，带着微笑

在黑夜的缝隙里捉拿逃逸的昆虫

它死有余辜，它逃不了啦

因为它长着金属的面庞

无论黑夜多么黑，它多么小

只要它现身，即使只把半边耳朵露出

他也能及时将它揪住

这个快要废弃的身体

被金属煎熬，终于回到烟火的屋檐

仿佛飞鸟倾巢出动

盘旋在故乡的上空。看见了吧

他并非年迈，创造黑夜，鼓足飞翔的力气

从此写下轻于鸿毛的诗篇

49

一片小树叶

天堂有的，地狱也有
地狱有的，天堂早已发生
所有的事物都不过是一对同胞兄弟
一前一后，有时也会从一根肠子里同时到来

我曾怀念地狱的人，后来在天堂
听到他的声音，他说，终于过去
我也曾怀念天堂的人，遇见他
却在地狱，他回答，终于过去

我怀念的就是你，分身两处的兄弟
无论在哪里深睡和清醒，都一样疲倦
可疲倦本是没有的，犹如真理
真理是没有的，我们一开口，就在狡辩

并继续在狡辩中将自己的耳光抽打

一个疲倦的人分身两处，犹疑，闪烁
在并不存在的天堂和地狱之间
正如我的心分身两处地怀念你
它燃烧过，却不曾留下灰烬和气体

然而它却在笼罩世界，它在笼罩中
盗取自己所欲望的一切，哪怕是牺牲
也终是在盗取。虚设它的智慧
也并未在头顶闪现，它在忏悔
它要在人间长出它的一片小树叶

50

一十五只吊桶

一只吊桶上去
一只吊桶下来
一十五只吊桶在井里
七上八下

我的井里还有一十五个人
他们是爱我的，和吊桶一样
他们有着相同的面孔，朝我挤眉弄眼
并报以微笑：嗨，兄弟

他们的鼻子嘴脸和耳朵，整齐大方
在头顶下有序地排列
可他们的嘴巴，张开又合上
在背地里也这样爱我：嘿，白痴

一十五只吊桶

或一十五个人，都如此爱我

犹如我爱着水上的火焰

孩提时站在水缸前

我把一只茄子摁在水中

又把一只茄子摁在水中

我可怜的小手，从水中抽出

试图将其他的也摁下

先前摁下的茄子

却又浮上了水面

我反复着，忙碌，喘气

一心扑在火焰上

51

寓　言

他们看见黄昏在收拢羽翅

他们也看见自己坠入黑洞

仿佛脚步停在了脸上

他们看见万物在沉没

他们看见呼救的辉煌闪过沉没无言的万物

他们仿佛长久地坐在废墟上

一切都在过去，要在寓言中消亡

但蓝宝石梦幻的街道和市井小巷

还有人在躲闪，他们好像对黑夜充满恐惧

又像是敬畏白昼的来临

52

王 冠

把金子打成王冠戴在蚂蚁的头上
事情会怎么样。如果那只王冠
用红糖做成，蚂蚁会怎么样

蚂蚁是完美的
蚂蚁有一个大脑袋，有过多的智慧
它们一生都这样奔波，穿梭往返
忙碌着它们细小的事业
即便是空手而归也一声不吭，马不停蹄

应该为它们加冕
为具有人类的真诚和勤劳为蚂蚁加冕
为蚂蚁有忙不完的事业和默默的骄傲
请大地为它们戴上精制的王冠

53

黑　色

我从未遇见过神秘的事物
我从未遇见奇异的光，照耀我
或在我身上发出。我从未遇见过神
我从未因此而忧伤

可能我是一片真正的黑暗
神也恐惧，从不看我
凝成黑色的一团。在我和光明之间
神在奔跑，模糊一片

54

上帝在黑夜的林中

我见过秋天

秋天像河流

我见过棺木，棺木装着我

漂在河流的上面

我在秋天里出生

打开眼睛就看见笑脸，而我哭着

还会在秋天把眼睛闭上

上帝一直在我左右

他召唤我，好像他也在躲避

从不跟我讨论我错误的一生

也不愿把我的灵魂放在合适的地方

当我最后离去

我只在秋天的怀里待过一个白昼

上帝却在黑夜的林中，我看不见

55

那里是一滴水

他们要去的地方是他们最熟悉的地方

他们来到这里和他们一生下来至今所经过的

都是他们的停顿和休息之地

他们生来就是出发

他们把树木、村庄和动物与人群的面孔

视作他们辨认的标记。他们不曾在事物上逗留

时间是大象的鼻子，被他们牵着并听他们使唤

他们称出发为回去

他们称停顿和休息是让他们

获得更多的树阴和满足在沙漠上的氧气

和干粮，以及回忆和对神的忘却

没有一根树枝和叶片能阻止他们看见更远

从自己的心灵和肉体认识飞翔是没有停息的

如果神对此发出窃笑，像孤独把尾巴暴露

而他们是一群从草原出发的马，扬起尘埃

又把尘埃甩在后面

他们要去的地方像他们的心一样熟悉

那里没有光芒四射的殿宇

那里是一滴水，蔑视神灵和光阴

56

树叶曾经在高处

密不透风的城堡里闪动的光的碎片

并非为落叶而哀伤

它闪耀，照亮着叶子的归去

一个季节的迟到并未带来钟声的晚点

笨拙而木讷的拉动钟绳的动作

也不能挽留树叶的掉落。你见证了死亡

或你已经看见所有生命归去的踪迹

它是距离或速度的消逝，是钟声

敲钟的拉绳和手的消逝。大地并非沉睡

眼睛已经睁开，它伸长了耳朵

躁动并在喧哗的生命，不要继续让自己迷失

大地将把一切呼唤回来

尘土和光荣都会回到自己的位置

你也将回来，就像树叶曾经在高处

现在回到了地上

57

看见里面的光

在黑暗中你也能够看到，而在你的怀里

她才能把光明和火焰看得真切

牵牛花在大地上奔跑，玫瑰的燃烧

要无视黑夜的黑，歌唱和舞蹈

风的战栗已使你洞悉了野草的天真和不幸

正是她在幸福之中看见的不幸

正是她在回头时遇见的你的脸

正是她看见你在燃烧的群峰间急速隐去

当翅膀对土地有了怀疑

或是土地对翅膀有了怀疑

她真的甘心爱上，深深地爱上

一个人的才华和他同样显明的缺点

大海的疯狂还要继续推进

它要在岸上抓住它的立足之地，它要寻找

它要回到一滴水的中心

大海的疯狂是一滴水的疯狂，它要把匣子打开

看见里面的光，又看见外面的光

58

卑　微

我沉醉在他们的帮助之中，同时我也沉默

面对他们的倔强，来自破土的植物

我沉默是因为他们的芬芳，已使我深深迷醉

是因为他们悯怜我单身一人，没有河流赐予的女儿

我沉醉于他们的智慧把我引到一个更加宽阔的世界

那里有参天的树木和纯洁的鸟群，那里金色的屋宇

闪耀着黑暗的光明，那里王与臣民平等而友好

那里的道路向上，平坦而惊奇，犹如下坡一样轻松

我见到他们的灵魂，仿佛微风中芙蓉从水里出来

他们与大海融为一体，他们唱着同一种嗓音

他们是同一个人，他们在世间生活过

他们仍然抱着尘烟，在不断上升

他们是我看见的所有的人，没有恐惧

走近陷阱像走近自己，照见自己，也把自己唤醒

他们让卑微显现伟大，像草木一样生息、繁荣

当死亡吹出时光的老脸，裹着黑色的披风出现

在他们面前，他们没有惊慌，微笑着迎接了它

59

世界上只有一个

什么是新的思想，什么是旧的
当你把这些带到农民兄弟的餐桌上
他们会怎样说。如果是干旱
它应当是及时的雨水和甘露
如果是水灾，它应当是
一部更加迅速而有力的排水的机器
所有的历史，都游泳在修辞中
所有的人，都是他们自己的人
诗人呵，世界上只有一个

60

在大海里放下我们的心

我爱过的人和我恨过的人，他们离开我
现在又回到我身边。我的身边聚集着
更多的我触摸过的事物和我想要触摸的
以及我还未知的一切，就像我在少年时代
面对一条四月的河流曾有过的自信
也许我还愿继续犯下那可爱的错误
当我再回到岸边致意乘风远航的朋友
向他们述说，我曾有过的经历并寄予我的祝福
我将不再需要弄清我的未来
他们对自己所企盼的，与我所企盼的何其一致
在河水里洗净我们的肉体
在大海里放下我们的心

61

金子在沙漠中

来吧，永远的，苞孕蓝色之光的潮汐
阳光已经没顶，带着你的完整的阴影
击碎它们

由于金子在沙漠之中，锣鼓的兽皮
和美人的笑容又被沙子覆埋，牛角还在吹响
由于陷于沼泽的骆驼已逃出险境

秘密地从草根出发，贯穿叶茎的河流
现在已经获得想获得的一切，统治着自己
并呼吸着自己的芬芳，风低下了头

来吧，由于一个人还不能看清另一个人
由于他自己还不能把自己看清，玫瑰
退到湿润的墙角，繁殖着自己的刺和毒汁

62

黎　明

在黎明

没有风吹进笑脸的房间，诗歌

还徘徊的山巅，因恋爱而相忘的丁香花窥视

正在插进西服口袋的玫瑰

早晨的窗户已经打开，翅膀重又回来

蜜蜂在堆集的石子上凝视庭院的一角

水池里的鱼把最早的空气呼吸

水池那样浅，它们的嘴像深渊

63

大海在最低的地方

我靠你越近，也许离他们越远

我想靠你越近，离他们也同样近

你是单性的，也是多性的，你生产万物

因你，我有了太多的欲望，我知道

我配不上获得，我一丝不挂地来到你面前

无力的肌体，现在已经有力

可以把自己搬动归到你手中

我想他们也在搬动各自的身体

他们在其他各自不同的路上归向你

你的呼吸是通过我的呼吸，通过月桂树

还有他们，我的朋友、陌生人，甚至是我的敌人

通过这些，你撒播了你的威力和雨露

我看到草木郁郁葱葱地生长，各自怀着孕和秘密

河流和高山，以及所有的昆虫和兽类

都怀着孕和秘密，你在万物的心灵施与

我祈祷施与我更多的威力和雨露

我看到星星和你保持默契的距离

太阳与你默契地配合，万物在生产

犹如我和妻子在劳动、在栖歇、在生产

我知道这些都是你所愿望的

风将一切都会抹平，又会重现

河流会将一切带远，又会重来

大海始终在最低的地方

大海最先会获得你的心

64

到中国去

大海的荣誉是永恒的荣誉

诺贝尔是大海

但诺贝尔明显的缺憾：不懂得汉字

可以抵挡人间所有的炸弹

他也不知道 21 世纪 30 年代，全球发疯

汉字养育人类，他们争相观光北京

抚摸圆明园的石头，在火中睁开眼睛

想去抱抱长城，甚至还想

爬进马王堆，躺上一个时辰

哪怕是赤磊河畔的东荡洲

诺贝尔也会驻足，脱帽致敬

65

时间忘记了它手中的绳子

那一刻来临，时间在我的周围静止

我的心回到了它自己的祖国，它无限宽阔

思绪由此远去，自由而宁静

流连所有的事物，但并不思想它们

那一刻我不会像往常，处在喧闹的人群

去深入他们和他们的事物中探求

我已失去重量，轻松而任意飞翔

在有些事物上，我会停下来

仿佛风从上面拂过，有时又会悄悄返回

那一刻来临，我已经把我的肉体放在了一边

没有痛、没有感受、世界通体透明

我随意进去，又随意出来，像从未来过

我的朋友、我的亲人、陌生人，甚至伤害我

和被我伤害的人，以及动物和植物，所有奔走

繁忙和吵闹，在我前头闪过，从不打扰

我也不觉得肉体的颤动和心跳。那一刻

所有的一切都孤立，相互连接却并不纠错

时间已忘记了它手中的绳子

鱼儿在永远的水中

我在空中

66

看上去多么愉快

在电影和书本里看到的战争

已成为我的历史，仿佛我亲自参加

我的战友，有的死于冲锋时的战火

有的被乱枪杀死，有的凯旋归来

死于美酒和鲜花，有人遭忌妒而被装进

伙伴的笼子。但是他们为什么

战斗，为什么冲锋，如果他们明白这些

如果他们死后才知道是如何糊涂地死去

而电影和书本还在继续，我想我仍然

会沉浸在战斗与硝烟之中

在刀剑和子弹的网里，如果我侥幸而获得荣光

是否能从伙伴的笼子里无声无息地逃出

站在另一个山头，宣布停止所有的战争

看上去多么愉快，整个世界一点火药味都没有

像一个和平的村庄，他们做他们该做的事情

什么事情是他们不该做的，在这个时代

只有你还说得出来

67

真理和蚂蚁

不可言说的真理，说出它

意味着说出了谎言。真理犹如石头

赤裸而沉默，对抗一切外来的力量

如果将它粉碎，它便力量倍增

在此之前，我还未投入神的怀抱

我对蚂蚁的劳动怀有特别的感激

它也不可言说，精确而有力，从不仰视

高大的事物，如果愿意，它随时都可以

在它们的头顶开垦一片自由的天地

如果它爱，它在那里建造爱的宫殿

我曾"请大地为它们戴上精制的王冠"

我也曾因忌妒，而泄露人类的叹息

不可言说的远不止真理和蚂蚁

什么东西把我们拉住，无法挣脱

丢弃我们，也许我们才能把自己丢弃

68

还没有安息

你还在树上，在草叶

在小溪流，在鱼的口里，或者还在青苔里

你还要走遥远的路

你还没有安息，归入你的臂弯

你不能修改树上的叶子

任何树上的叶子，都完备而精致

你可以把气体从空气中分类出来

但你不能把叶子从树上分离

69

木　马

一匹好的木马需要一个好的匠人小心细细地雕呀

一匹好的木马不比奔跑的马在草原把它的雄姿展现

但一匹好的木马曾经是狂奔天空的树木

它的奔跑同时也不断地朝着地心远去

它是真正击痛天空和大地的马

它的蹄音与嘶鸣是神的耳朵

但是神害怕了，神因为抓不住木马的尾巴而彻底暴怒

它在我们面前不得不揭去遮掩他的绿树叶

神的失望在匠人的眼睛里停滞下来

木马击痛天空和大地的过程如树叶已经散落

木马在匠人的手中停顿下来

70

上帝遗下的种子

我没有见过真正的果实
收获的人们总是收割半生半熟的秋

大海还未显露她的颜色
她把深藏的苦水叫快乐
船帆停在对岸的港口

可是秋天啊，她要静静地坐下
上帝遗下的种子
上帝会不会把它带走

71

流　传

作为谬误，他正在死亡

骨头在火中被取出

焦炭和古树飘着灵的气味

野兔是你们闻到的最初的气味

它背弃月亮，它的白色

对森林与河流怀有敬意

它在黑暗中的自由

将使你们自己背弃

你们还将在一个时代的终点看见逝去

它是暗淡的，在草丛中游走

预见你们的墓穴

72

杜若之歌

我说那洲子。我应该去往那里
那里四面环水
那里已被人们忘记
那里有一株花草芬芳四溢

我说那洲子。我当立即前往
不带船只和金币
那里一尘不染
那里有一株花草在哭泣

我说那洲子。我已闻到甜美的气息
我知道是她在那里把我呼唤
去那里歌唱
或在那里安息

73

硬　币

对于诗歌，这是一个流氓的时代

对于心灵，这是一个流氓的时代

对于诗人，这个时代多么有力

它是一把刀子在空中飞舞、旋转，并不落下

它是一匹野马，跑过沙漠、草原

然后停在坚硬的家。喧哗

又成叹嘘

这个时代，使诗人关在蜗牛壳里乱窜

或爬在树上自残

这个时代需要一秒钟的爱把硬币打开

74

尘　土

把一个物件放到一个地方

它的位置在那里

但它的思想不一定在那里

任何永恒的东西都不会在心灵之外

我们犯过这样的错误

我们说：鸟儿，飞

鸟儿就飞走了

鸟儿真的就飞走了吗

我们把碑埋在墓地——不朽啊

我们所看到的人

无非是一个个墓碑的影子

他们孤独地离去。花束留下了

花束又在那里死去

我们再拿什么献在花的墓前

甚至一万年过去

我们仍有许多东西不解

光荣和羞辱

我们应当把它们放在哪里

啊心灵，永恒的尘土

我又一天接近了你

即便你和他们一样

从不把我放在心上

75

灰烬是幸福的

光阴在这里停顿，希望是静止的

和昔日的阳光停在窗台

假使你们感到愉悦而不能说出

就应该停下，感到十分的累

也应该停下来

我们的每一天都是我们的最后一天

灰烬是幸福的，如那宽阔而深远的乡村

野草的睡眠因恬谧而无比满足

即使那顶尖的梦泄露

我们的欢快与战栗，使我们跌入

不朽的黑暗，犹如大海的尽头

人们永远追赶却始终还未君临

人们跟前的灯火

我们将在黑暗中归于它

76

我永不知我会是独自一人

如果到三十四岁对我无比重要

时间对我来说真的有了领悟

我应该说：生命快要逝去一半，我无知而生存

我盲目地有知而生存得如此热烈

为虚无写下颂辞，为真实而斗争

即使痛苦也得用半生来眷恋

它的回报同快乐平分回忆而持续

人祖啊，你的真形因欺骗而活显

你不显露真形，是不是更大的欺骗

请让我暂且在接近山峰的时刻

对自己提出疑问：我攀着绳子向上

不断地感到快要滑向深渊，我把握着的

是什么？不能怀疑的真

它乘此偷走我大量的黄金

这些我赖以活着的闪耀的东西

它们再不能在以往闪耀的地方闪耀

我永不知到达山峰还能继续上升

我永不知那山峰为什么使我前往

我永不知我会疲倦而去，像那巨石滚下

我永不知我会是独自一人

77

信　徒

我赞美你们而被你们赞美

我情愿你们诅咒我，而受到我的赞美

这有什么不可能？告诉我：怎样

才会使我麻木，软弱无力，不听从

美的召唤，不屈膝在它的脚下

我情愿放纵，甚至忘却我的所爱

做光荣和鲜花的臣民

做大树和诗歌的信徒

你们会看到我满意地死去？你们会看到

我像凯旋的战士，或一只战死在野地的工蜂

死去的已经朽烂，不能生还

活着的还要倍受煎熬，不会永生

生命本是一场盲目的战争

那么多有毒的和无毒的花草，迎着我们开放

阻挡不住的香气却非要我们拥有

并说出它们的名字

78

虚　无

我多么希望你活下去，但并非希望你

要获得永生，可以不做一个伟大的人

也决不可以做下任何一点卑劣的事情

困扰我们的水，它不是水

困扰我们的火，它不是火

困扰我们的真理，不是真理

时间其实是静止而又空洞的虚无之物

不能教我们以实在的意义

忘记它，并且藐视我们所需要的

停在树枝上亲吻花粉的蝴蝶

永远忘记了吮吸水土的根须

79

预　言

你还没有出现

你还没有朝我微笑

我在夜半惊醒，犹如一个受宠的小孩

在无限之中遇到的巨大缄默

让我守住了这无声的甜蜜

还要一天，或许一生才能渐渐消除

我的无措或惊惶

预言之中黑暗永无穷尽，种子在奔跑

你那无助而怜悯的心

有一天会闪耀

80

北　方

一身贫穷就到北方去

北方的秋天落满金子

因失恋而不能忘去的名字，被金子覆盖

灵魂与肉体，不需要祈祷和祝福

让死亡变得坦荡就到北方去

北方四季分明，如一张喜怒哀乐的脸

纯朴与亲切，舔着你的心灵

你在道路上留下爱

你知道你在世间做下的一切

如果想回到树上的生活就到北方去

那里，身佩宝剑的侠客在游荡中劳动

那里，时间令正义和真理结合起来

81

躲进白昼

少年时在一条河边玩耍

青年时闯入一条陌生的街道

白白耗掉

美丽的时光

没有人给我特权，让我抓住

那游手好闲的家伙，猛揍他的脸

他错误而轻佻，背井离乡

把生命扔在路上

把爱情写在纸上

他躲进白昼，迷失黑夜的方向

如今想到未来

那时我老了

那么多伙伴在夕晖中闪过，走了

落日变成忏悔和不安

82

诗歌是简单的

因为思考而活着

在人群拥挤的喧哗中闻到香气

在单个的岩石上闻到生的气息

在人群、岩石、草木与不毛之地

也会闻到所有腐臭和恶心的气味

诗歌是简单的，我不能说出它的秘密

你们只管因此而不要认为我是一个诗人

我依靠思索

穿过荆棘和险恶而达到欢迎我的人们

铁树在我临近的中午开花

铁树的花要一个长夜

才会在清晨谢去，那时我遁入泥土

因为关闭思考而不再理睬世间的事物

鸟儿停顿歌唱，天空定有瞬息的凝固

你们挫败了我，是你们巨大的光荣和胜利

而我只是一株蔷薇草，倒在自己的脚下

风很快就把一切吹散

83

羽毛围住我

有时候他们停步在我的面前，羽毛围住我
霞光突然消失，暗夜来得太早
我只拿住伙伴的一只手，他的身体令我无比战栗
他的冷漠的嗓音几乎凝滞
让我想起曾经为另一个朋友埋下墓碑
"安息吧，李"，火焰在空中轻轻掠过
他们瞬刻散去，看不见踪影
除了光明，我连一片羽毛落地的声音都没有听见

84

东荡洲

不能放下，不能不自己对自己说

你过于渺小，过于眷恋，像妇人的心肠

我背着你流浪多年，依然还要流浪

在你疲倦的皱褶里选择舒适的温床

却从来不梦见你固定的形象

我摸到你泪的冰凉，使我更加坚定

相信我爱着

时间不能把你和我分开

时间会不会也是一种罪过

你那时允诺我把你赞颂，并让赞颂流传至广

我却带着夏夜的蛙鸣进入喧嚣的尘世

窃听人们不愿听见的声音

窃听人们日夜渴盼的声音

窃取他们的罪证和喜悦

窃取他们的剑和玫瑰的毒

大地在深冬褪尽芬芳和颜色

我在世间犯下罪行

当我死去，它还会长留世上

85

不要隐秘我们的心

观察植物拔节，倾听它们滋滋生长

必将探求到生命的奥秘

万物本来就没有声音，人类也没有耳朵和眼睛

我们被置身和谐、梦想和死亡

世界令我们在未见面之前就相互寻找

我们的束缚来于我们自身，施下斧刃

也必定屈于斧刃，或两败俱伤

所有斗争绝非偶然，它类如我敏感事物的天赋

我早就发觉：必须逃出生命的怪圈

手脚妨碍我们的语言和声音，又是它们

妨碍我们行动和思想

避免贞节成为眼中的垃圾，我们仍然做不到

感叹天空这无穷无尽的窟窿，漏掉或陨落我们

被大地接收、滋养，为爱、憎恨而成熟

越过藩篱，不像越过心灵和意志

让我们不顾黑夜阻拦倾听生命而成为知音

不要隐秘我们的心而显露出脸

86

大海终将变得沮丧

我最初的到来，他们没有在意

心要在潮湿的角落发出声音

它要向天堂进发，向权力低头，向世俗屈膝

阳光照不到树根的爬伸

我也知道心要在潮湿的角落发出歌唱

它鲜活的旋律，像树木弹拨天空

让我们一起感受它的激越与悠扬

为他们祈祷，宽恕他们

大海终将变得沮丧

当我把心领出潮湿的角落

成为酵母投入大海

87

和　谐

如果我真的显得多余

像南方商业的噪音，以及人们对金钱的谩骂

我的多余，正是对你们恰到妙处的打击

你们不会知道，我曾努力使自己变得无知和糊涂

只写一些无关痛痒的诗，但必须健康

像我的身体一样，像野草

远离城市的污染，远离美好的言词，自生自灭

这不符合我，我的怪性从中作梗

折断我，使我自己叛离

我的灵对我的肉体说：走吧，没有水和粮食

我的肉体对我的灵说：走吧，没有栖落的地方

事情到这里还没有结束

我又不断听见你们梦呓，难道是我

在不断偷听你们的梦呓

88

暮　年

唱完最后一首歌
我就可以走了

我跟我的马，点了点头
拍了拍它颤动的肩膀

黄昏朝它的眼里奔来
犹如我的青春驰入湖底

我想我就要走了
大海为什么还不平息

89

生　存

世界从来没有要求我们生存

我们也没有任何义务，在世界上生存

可是我们活着，那么谁在指使我们

创造光辉的勋章要我们佩戴

我们却往往在同一炉膛打出枷锁和镣铐

花朵在荆棘丛中生长，充满幸福

人类的幸福，必定充满恐惧

没有人敢这样喊出来

也没有人，不愿意不追求幸福

那好，还是让我们

来把幸福的含义全部揭穿

它来自人类

它是人类一场永劫的惩罚

90

他相信了心灵

一滴水的干涸因渺小而永远存在

让我们站在海上，沐浴海风或者凭吊

那不可一世的青年现在多么平静

他看见了什么：辉煌？落日？云彩和失败

他相信了心灵，心灵要沉入大海

那不可阻挡的怪兽，摧毁一切，烧完了自己

在黑夜前停了下来

91

月　亮

月亮是我们想象出来的。她优美地高悬
我们在她的笑容里散步、恋爱
做着梦，看见幸福的来生
我们还在梦里想象更多的月亮
最后一个月亮是黑色的
我们摸索着，点起篝火
少女在轻轻唱歌，有些忧伤
强盗在沉默，从马背上下来

92

朋　友

朋友离去草地已经很久

他带着他的瓢，去了大海

他要在大海里盗取海水

远方的火焰正把守海水

他带着他的伤

他要在火焰中盗取海水

天暗下来，朋友要一生才能回来

93

阻止我的心奔入大海

我何时才能甩开这爱情的包袱

我何时才能打破一场场美梦

我要在水中看清我自己

哪怕最丑陋，我也要彻底看清

水波啊，你平静我求你平静

我要你熄灭我心上的火焰

我要你最后熄灭我站在高空的心

它站得高，它看得远

它倾向花朵一样飘逝的美人

它知道它的痛苦随美到来

它知道它将为美而痛苦一生

水波啊，你平静我求你平静

请你在每一个入口，阻止我的心奔入大海

也别让我的心，在黑暗中发出光明

在它还没有诞生

把它熄灭在怀中

94

致诗人

多少人在今夜都会自行灭亡

我在城市看到他们把粪筐戴在头上

他们说：看，这是桂冠

乡下人的粪筐，乡下人一声不响

带上它在阳光下放牧牛羊

我断定他们今夜并非一声不响地死去

那群写诗的家伙，噢，好家伙

我看见受伤的月亮

最后还透映出你们猥琐的面庞

95

植物在风中摇摆

植物在风中摇摆，像人的尾巴

植物在我们迎接的深秋弃落它们的果实

但植物在我们眼前摇摆

在劳动中欢乐

并不像我们空中的尾巴。我们不幸

我们的不幸来自我们永渴和平

我们生来就陷入战争

我们在战争中丧失生命

我们在盲目中苦乐

我们仍将在盲目中开花结果

植物在土地上不语

也不去梦见土地的和平

96

感　动

遭受一次劫难和一百次劫难没有什么不同

如果你们是坚定的，泥沙沉落

花朵在月下洪波涌起

通过劳动和海水

渴望永不熄灭，没有什么不同的

还有我朴实的手掌

朴实，抚爱沧桑

你们居住在稻田，生我的梦床

我像庄稼一样成长、熟透，看见你们

在谷粒、陶碗和美酒的膝下

饱满地收割，那时

没有什么不同的，最终只有我的泪水飞扬

被你们永远感动、健康

你们是坚定的

你们只看到日出和粮仓

97

水又怎样

我一直坚持自己活着

疾风与劲草，使我在旷野上

活得更加宽阔

为什么一定要分清方向

为什么要带走许多

我不想带走许多

我需要的现在已不需要

光明和黄金

还有如梦的睡眠

是诗人说过的，一切

都是易碎的欢乐

我确实活得不错

是我知道路的尽头是水

水又怎样

我就这样趟过河去

98

英　雄

欢呼的声浪远去

寂静啊，鲜花般放开的寂静

美酒一样迷醉的寂静

我的手

你为什么颤抖，我的英雄

你为何把喜悦深藏

什么东西打湿了你的泪水

又有什么高过了你的光荣

99

伐木者

伐木场的工人并不聪明，他们的斧头

闪着寒光，只砍倒

一棵年老的朽木

伐木场的工人并不知道伐木场

需要堆放什么

斧头为什么闪光

朽木为什么不朽

100

牧　场

你来时马正在饮水
马在桶里饮着你的头
这样你不会待得很久
我躲在牧场的草堆里
看见马在摇尾巴
马的尾巴摇得很厉害
这回你去了，不会再来

101

白　昼

微风停在鸟唱的树叶上

辽阔的草地，兰花开满如积盖的雪

我的草地，微风停在草地

鸽子在心中飞动

鸽子飞动在兰花中像蜻蜓点水

鸽子在心中飞动像蜘蛛网上的蜻蜓

102

旅　途

大地啊

你容许一个生灵在这穷途末路的山崖小憩

可远方的阳光穷追不舍

眼前的天空远比远方的天空美丽

可我灼伤的翅膀仍想扑向火焰

编后记

诗人东荡子（1964—2013）先后出版过《不爱之间》、《九地集》、《王冠》、《不落下一粒尘埃》、《阿斯加》、《东荡子诗选》等作品集，其诗歌作品主要限于朋友间的赠阅与流传。现在，东荡子走了，我们编选出版一部《东荡子的诗》，希望他的诗能在更大范围内得以传播，对于读者来说这不能不说是一件好事。而对我个人而言，每次阅读东荡子的诗歌时，内心总是抑制不住喜悦的心情。东荡子的诗如同他的王国，是在文字的洼地构筑一座人性的宫殿。他对生命的感悟，饱含美好和善意的愿望，也许他并不刻意去渲染庞大之物，但他的诗歌始终隐藏着理想主义情怀。

东荡子曾经说过："我愿望在诗歌之中消除自身的黑暗，从而获得完整性。"他把自己定位为一名遁世的写作者，他拒绝直面这个充满残缺的世界，而通过诗歌来抵达理想中的"完整性"。在这方面，东荡子生前一直保持着乐观的态度，他既是一位诗人，更是一位思想者。但他放弃在思想上纠缠自己，他擅长在矛盾中找到平衡点，以一种谦卑的姿态进入诗歌，甚至面对自身的黑暗时，他会"从消除至少的黑暗开始"，并且不厌其烦地不断寻找、不断消除。或许，光明的写作永不可能抵达，但它作为一种方向却是可行的。东荡子认为，获得了诗歌的完整性是诗歌的光明，也是人类精神体现在诗歌中的光明。

在世俗的萎靡和人性的虚无双重挤压下，东荡子执着地实践自己的写作，他的诗学理念常常在朋友中间流传："我坚信从自己身上出发，从他人身上回来，我将获得真正的光明。"然而，更多的时候，我们从自身出发，却不能从他人身上回来。即使东荡子有时候是入世的，但他更多的时候是出世的。我们坚信他是能真正读懂自己的人，否则这样的写作肯定是"有益诗歌，有害心灵"的双刃剑。因为现实并不关爱把诗歌当作全部的人，现实只关照那些善于钻营的投机者。他只能呼唤《到中国去》，"哪怕是赤磊河畔的东荡洲 / 诺贝尔也会驻足，脱帽致敬"；但在《流传》里却又留下，"作为谬误，他正在死亡 / 骨头在火中被取出"。我想，这就是诗歌带给东荡子的最大安慰。

东荡子无疑是当代中国最优秀的诗人之一，即使他的诗歌并不被这个时代所关注，但它一定是少数人心目中的经典。我们在东荡子的诗里是看不见经验的，因为人性并不在经验那里，他热衷于自觉地揭示和反省，来获得普遍意义上的灵感。至少在他那里，我们发现甘于低处仰望的他，常常在被我们忽视的地方，挖掘出诗歌的最大可能："大地将把一切呼唤回来 / 尘土和光荣都会回到自己的位置 / 你也将回来 / 就像树叶曾经在高处。"干净的语言和澄明的思想，以及那些散发着洁净气息的祷告，都使我有一种久违了的感觉。东荡子追求的是光明的写作，他关注着事物的真相，但没有言说真相的欲望，而是让一切发生的秘密在语言中呈现。

一本诗集的出版，等待的将是诗歌自身的命运，依赖于更多读者去认识、体验和审视，并从中享受它所带来的温暖与宁静。在此，我们需要特别说明的是，就在东荡子突然离世的前几个月，我曾向他约稿撰写一部有关故乡的散文集，并纳入由暨南大学出版社策划的"还乡文丛"出版计划，现在这已经成为永远的遗憾。于是，尽快编选出版《东荡子的诗》，就成了我和暨南大学出版社杜小陆编辑的一个心愿。在本书的编选过程中，诗人浪子做了重要的前期工作，并且得到东荡子的爱人、作家聂小雨的大力支持。同时，诗人黄礼孩、世宾、江湖海、龙扬志等都提出过参考性建议，并对最后的诗歌选定做了严格的校正工作，在此一并致谢。

余 丛

2013 年冬，谨识